PEAKS AND VALLEYS　Spencer Johnson, M.D.

頂きはどこにある?

スペンサー・ジョンソン

門田美鈴 訳

真の発見の旅は、新たな景色を見ることではなく、新たな目を持つことにある。

プルースト

知識で最も重要なことは、得た知識を活かすことである。

孔子

頂きはどこにある？

物語の前に

ここはニューヨーク。ある雨の夕方、マイケル・ブラウンは友人に会いに急いでいた。友人は、マイケルの苦しい状況にどうすればいいか、相談にのると言ってくれていた。小さなレストランに入ったときには、それからの二、三時間がどれほど貴重なものになるか知るよしもなかった。

友人のアン・カーに会って、彼は驚いた。アンが不幸な境遇にいると聞いていたし、さぞかし沈み込んでいるだろうと思っていた。ところが、陽気で元気いっぱいだった。

短い挨拶《あいさつ》をかわすと、彼は言った。「順調そうだね。大変だったのに」

彼女は言った。「『いま』は順調よ、仕事でも私生活でもね。でも、大変だった『のに』ではなくて、大変だった『から』よ——それに、逆境を活かすすべがわかったからなの」

マイケルは戸惑った。「どういうこと?」

「そうね、仕事面で言うと、私たちの部署はけっこうよくやってると思ってたんだけど、実際はそうじゃなかったの。確かにうまくいっていたけど、それでいい気になっていたのね。気づいたときには、もう他社に遅れを取っていた。上司は私を責め立てるようになったわ。

私はしだいに憂鬱《ゆううつ》になって、早急に事態を好転させなくてはという重圧を感じるようになった。日々、どんどんストレスがたまっていったわ」

「それで、どうなったの？」

「去年のことだけど、仕事で尊敬している人が、ある物語を聞かせてくれたの。それが逆境と順境に対する見方を一変させ、いまでは、まるで違ったことができるようになった。その物語のおかげで、うまくいっているときもそうでないときも、ついでに言えば私生活でも、穏やかな気持ちでいられて、うまくやっていくことができたの。あの物語は、決して忘れることはないと思う！」

「どんな物語だい？」

アンは少し間を置いて言った。「どうして知りたいのか聞いてもいいかしら？」

マイケルは言いよどみながらも、仕事があまり安泰《あんたい》ではなく、家庭もそううまくいってはいないのだ、と打ち明けた。

アンは、それ以上聞かなくても彼が悩んでいるのがわかった。「あなたも、あの物語を知ったほうがよさそうだわ」

そして、物語の素晴らしさがわかったら、あなたもほかの人に話してね、と言った。

マイケルはそうすると答え、アンは始める前にこう前置きをした。

「自分を見舞う、幸《こう》、不幸に対処するのにこの物語を活《い》かしたいと思うなら、全身全霊で耳を傾け、自分自身の経験を当てはめて『自分』にとって何が真実か、つまり動かしがたい事実は何かを知ろうとすることよ。

物語の中にある考え方はどれも、形を変えて繰り返し出てくるわ」

マイケルは聞いた。「どうして繰り返し出てくるんだろう?」

「そうね、私の場合、おかげであらためて気づかされることが多かったわ。そうすると、もっとよく活用できるようになるの」

さらに彼女は言った。「私、本当は何でも変えるのが嫌なたちなの。だから、新しいことは何度も聞く必要があるわけ。そうすれば、批判的で疑い深い私の心にも入り、なじんできて、心を動かすようになる。そうやって、ようやくそれが自分のものになるのね。

これが、物語についてよくよく考えた末にわかったことよ。でも、そうしたいなら、あなたが自分で見つければいいと思う」

「その物語によって本当にそんなに大きな変化が起きるものかな?」とマイケル。

「僕はいま、かなりきびしい状況なんだけど」

アンは答えた。「それで何か失うものがあるの? 私が言えるのは、物語から得たことを活かしたら大きな効果があったということだけ。

物語からほとんど何も得られない人もいるし、すごく多くのものを得る人もいるわ!

結局、大事なのは物語じゃないの。そこから何を引き出すかなの。そして、それは素晴らしい効果を発揮するわ。もちろん、あなたしだいだけど」

マイケルはうなずいた。「わかった。ぜひとも聞かせてほしい」

そこで、アンは夕食を取りながら語りはじめ、そのあとデザートとコーヒーになっても話はつづいた。

その物語とは——

山と谷の物語

1　谷間の憂鬱

昔、聡明な若者が谷間に住んでいた。やがて山に登り、頂きに住んでいる一人の老人に会うまでは不幸せだった。

若者も、幼いころは幸せだった。草原で遊んだり、川で泳いだりした。

そのころは谷のことしか知らなかったし、一生ここで暮らすのだと思っていた。谷にも曇りの日もあれば、晴れの日もあったが、日々の生活は同じようで、それに満足していた。

それでも、成長するにつれ、いいことよりも悪いことのほうが多いことがわかってきた。これまで谷間にはこんなに悪いことがたくさんあるのに気づかなかったのはなぜだろう、と思った。

年をへるごとに、若者はなぜかわからないまま、どんどん憂鬱《ゆううつ》になっていった。

いろいろな仕事をしてみたが、どれも望んでいたものとは違っていた。

ある仕事などでは、上司からいつも間違ったことばかりしているように思われていて、よくやったことにはまるで気づいてもらえなかった。

また、大勢の従業員の一人でしかなく、勤勉に働いても働かなくても、誰にとっても何の影響もないように思える仕事もあった。努力をしても、自分自身にすら目に見える効果はないように思えた。

ようやく望んでいたものが見つかったと思うときもあった。真価を認められ、課題を与えられていると感じ、有能な同僚たちと働き、自社の製品を誇らしく思った。出世し、小さな部署の管理職になった。

しかし残念ながら、彼の仕事は安泰《あんたい》ではないように思えた。

私生活もたいしてよくはなかった。失望することばかりがつづくように思えた。

しかし、友人たちにはわかってもらえなかったし、家族も、「そのうちよくなるよ」と言うだけだった。

若者はどこかほかの場所ならもっと幸せになれるのだろうかと思った。

ときどき草原に立って、谷間の上にそびえ立つ雄大な山並みを見上げた。

そして、頂上近くに立っている自分を思い描いた。

しばらくはいい気分だった。

だが、山頂と谷間を比べれば比べるほど、いっそう気持ちが沈んだ。

両親と友人たちに、山頂に登るのはどうだろうと話してみた。ところが、みんなは山頂にたどりつくのがいかに大変か、谷間にいるのがいかに安楽かということしか言わなかった。

誰もが自分の行ったことのないところに行くのをやめさせようとした。

若者は両親を愛していたし、彼らが言うことにも一理あるとわかっていた。それでも、父母と自分は別だということもわかっていた。

谷間の外には違った暮らしがあるはずで、それを見つけたかった。山に登れば、世の中がもっとよく見えるだろうと考えた。

しかし、ふたたび疑問と不安がわきあがり、自分はここから動かないほうがいいと思った。

長い間、若者は谷から出る勇気が持てなかった。

やがて、ある日、幼いころを思い出し、どんなに変わってしまったかに気づいた。もう自分に満足してはいなかった。

なぜ変わってしまったのかわからなかったが、急に、あの山に登らなければならないという思いに駆られた。

不安はひとまず忘れて、できるだけ急いで出かける準備をした。それから、近くの山の頂きに向かって出発した。

たやすい道のりではなかった。半ば近くまで来るのに、思ったよりはるかに時間がかかっていた。

それでも、高く登るにつれ、涼しい風と新鮮な空気が新たな活力を与えてくれた。そして、眼下の谷はどんどん小さくなっていった。

谷間では、空気は十分にきれいに思えた。だが、いま上方から見下ろすと、薄茶色によどんだ空気がたまっているのが見えた。

彼は身をひるがえし、さらに登っていった。高くなればなるほど、いっそう見晴らしがよくなった。

突然、道がとだえた。

どこにも道がなく、日も差さない森の中で立ち往生してしまった。ここから抜け出せないのではないかと、彼は怖くなった。

そこで、恐ろしく狭い尾根を横切ることにした。ところが、途中で転げ落ちてしまった。傷を負い、血を流しながらも、何とかはい上がり、進んでいった。

ようやく新しい道が見つかった。

谷間の人々から注意されたことが頭をよぎった。しかし、勇気をかき集め、登りつづけた。

高く登るほど、谷はどんどん遠ざかり、不安はどこかへ消え去り、しだいに幸せな気持ちになっていった。

彼は新しい未知の場所へ向かっているのだ。

雲の上に出ると、素晴らしい晴天だった。頂上から夕日が沈むのを見るのはどんなだろうと思うと、待ちきれない気持ちだった。

2　答えを見つける

あれほど望んだのに、夕方までに山頂にたどり着くことはできなかった。彼はへたり込んで、うめき声をあげた。「残念！　見そこねてしまった！」

すると、暗がりから声がかかった。「何を見そこねたって？」

ぎょっとして振り返ると、近くの大きな岩の上に老人が座っていた。

若者は口ごもりながら言った。「すみません、いらっしゃるのに気づかなくて。頂きから夕日が沈むのを見そこねたんです。僕はいつもそういう巡り合わせなのかもしれません」

老人は笑って言った。「気持ちはわかるよ」

若者は、そのときはまだ相手が世界有数の成功者で、この上なく温和な人物だとは知るよしもなかった。感じのいい老人だと思っただけだった。

しばらくして老人が言った。「では、この眺めをどう思う？」

「眺め？」若者は聞いた。目を細めて暗がりを見つめても、何も見えない。この新しい知人をいぶかしんだ。

老人は背をそらせて空を見上げた。

若者も見上げた。頭上では空一面の星がきらめいていた。谷間ではこんなに明るく輝く星を見たことがなかった。

「きれいじゃないか?」老人は言った。

「ほんとに!」若者は呆然となりながらも、星を見つめているうち、心が安らいできた。「あの星々はずっとあそこにあったんですね?」

「ああ、そうだ。しかし、そうではないとも言える」老人は言った。「あの星々はずっとあそこにあった。きみは目を転じるだけでよかったんだ」

それから、つけ加えた。「そして、そうではないとも言える。実際はそうではない。科学者によると、いま見えている光はほとんどが何百万年もかけて届いたもので、いまはもうない星も多い」

若者は頭を振って言った。「何が本当で、何が本当でないかよくわかりませんね」

老人は口をつぐんだまま、微笑んでいた。

何がおかしいのかと若者が聞くと、老人は言った。「私も君の年ごろには何度そう思ったことか、と考えていたんだよ。事実とそうでないものを見分けようとしたものだ」

しばらく二人は黙って座ったまま、上空で繰り広げられている光のショーに目を奪われていた。

やがて、老人が尋ねた。「どうして山へ登ってきたんだい？」

「よくわかりませんが、何かを探しているのだと思います」若者は言った。

そして、下の谷間でどれほど不幸せか、なぜもっといい生き方があるに違いないと思うのかを話しはじめた。

いろんな仕事をやってみたこと、人間関係がうまくいかないように思えたこと、自分の能力が発揮できないでいると思っていることなどを語った。

同時に、まったく見知らぬ人にそこまで打ち明けていることに驚いていた。

老人はじっくり聞いてくれた。話し終えると、老人は言った。「私も絶望的になったことが何度もあるよ。

初めて就いた仕事で解雇されてね。あれはつらかった。新しい仕事を一生懸命探したんだが、見つけることができなかった」

「それで、どうしたんですか？」

「いつまでも憤慨《ふんがい》し、鬱々《うつうつ》としていた。事態は少しもよくならなかった。しかし、素晴らしい友人がいてね、彼のことは絶対に忘れないだろうが、すべてを一変させることを言ってくれたんだ」

「どんなことですか?」若者は聞いた。

「彼が『順境と逆境に対する、山と谷の対処法』と呼ぶものについてだよ。

彼が言うには、『仕事や私生活で「山と谷の対処法」を使えば使うほど、心が安らぎ、物事がうまくいくようになる』」

老人はさらに言った。「最初は信じられなかったが、やがてそのとおりだとわかった。そして、仕事にも私生活にも非常に大きな影響を及ぼした」

「どういうふうにですか?」

「人生の浮き沈みに対する見方が変わった。そのおかげで、『行動』が変わった」

「どのようにして?」

「友人の助けもあって、三つのことがわかった。どうすれば谷から早く抜け出せるか、どうすれば山に長くとどまることができるか、そして、どうすれば今後、山を多くし、谷を少なくできるかだ」

若者は、どうも信じがたいと思った。だが、答えを探していたし、興味があった。

「詳しく教えてくれませんか？」

老人は言った。「いいとも。ただし、これが役に立つとわかったら、ほかの人たちにも教えてあげてくれるかな？」

「なぜほかの人たちに教えるんです？」

「理由は二つある。一つは、その人たちを助けるため、もう一つは、君自身を助けるためだ。

君の周りの人たちは順境でも逆境でもそれを活かす方法がわかれば、あまり悩まず、うまくやっていくことができる。そして、そうなれば、君も一緒に働いたり生活したりするのがもっと楽しくなる」

若者は、本当にそうだったらほかの人たちにも教えます、と言った。

老人は話しはじめた。「このことから始めるのがいいだろう――」

**どこでも、誰にでも
仕事でも私生活でも
かならず山と谷がある。**

若者はがっかりした。期待した答えではなかった。

「『山と谷』というのは、どういう意味ですか?」彼は聞いた。

「『人生の』山と谷――仕事や私生活で味わう浮き沈みのことだよ。そういう順境や逆境は、数分間かもしれないし、数カ月間か、もっと長いかもしれない。

人に山と谷があるのは、地上に自然の山と谷があるように普通のことなのだ。どちらの山と谷もいたるところにあり、同じようにつながっている。

仕事でも私生活でも、幸せを感じる部分もあれば、不幸を感じる部分もあるだろう。当然のことだ。世界中のどの人も、どの文化圏の人も同じだ。人間につきものなのだ」

若者はため息をついて言った。「僕だけじゃないんだ」

老人は笑った。「もちろんだよ! 自分だけのように思うときもあるだろうけど」

そして、つけ加えた。「私たち各自が出くわす幸せも不幸せも実にさまざまだが、それはまったく同じ経験をする人は一人としていないからだ。たとえ同じような状況であってもね。

次のように言ってもいい――」

山と谷は
ただ順境と逆境のことを
いうのではない。

外部の出来事を
心の中でどう感じ
どう対応するか
ということでもある。

「君がどう感じるかは、おおむね状況をどう見るかにかかっている。カギとなるのは、自分に起きた出来事と、自分をどう評価しているかを分けて考えることだ」

老人はつづけた。「人は悪いことが起きたときでもいい気分でいられることがわかったので――」

突然、若者が口をはさんだ。

「じゃあ、谷底でうまくいかなくても、幸せでいられたはずだと言うんですか？　反論したくはありませんが、でもそうは思えません。

谷底では『何一つ』うまくいかなかった！　そりゃ、頂きのここに座っているあなたがそう言うのは簡単でしょう。ここでの人生は谷間の僕の人生とは何の関係もない！　僕のいる世界とはまるで違うんです」

老人は若者の感情の爆発に気を悪くしたようすはなく、ただ黙って座っていた。

若者もだんだん落ち着いてくると、ばつが悪そうに言った。「すみません。気持ちが落ち込んでいるのはわかっていたんですが、少々苛立ってもいたようです――思った以上に」

老人はうなずいた。「わかるよ」

それから言った。「君は、山頂の私の人生と谷間の人生には何の関係もないというんだね。それなら、聞かせてほしい。ここに来る途中、谷間とこの山頂の間に割れ目や大きな穴があったかい？」

「いいえ、気づきませんでした。どこにあったんでしょう？」

老人は何も言わなかった。

若者は思案し、それから笑い声をあげた。「そんなものはないんですね」

「そのとおり」老人は言った。

「山と谷はつながっているわけですからね」と若者。

「鋭いね」老人は笑みを浮かべた。「どこまでが谷でどこからが山か、誰が言えるだろうか？

重要なのは、自然の山と谷も、人生の山と谷も、つながっているということだけでなく、『どのように』つながっているかを理解することだ」

それから、さらに詳しく述べた。

山と谷はつながっている。

今日の順境で
過ちを犯せば
明日の逆境をつくり出す。

そして、今日の逆境で
賢明なことを行えば
明日の順境をつくり出す。

「たとえば、逆境でも『山と谷の対処法』を用い、基本に立ち返り、最も大事なことに専念すれば、事態を好転させることができる」

若者はつけ加えた。「……それが、順境をつくり出す！」

「そう」老人は言った。「しかし、順境にうまく対応できなくてその後の逆境をつくり出していることに気づかない人が多すぎる。彼らはあまりに多くの力を浪費し、基本を忘れ、最も大事なことをないがしろにする。そうすると、どうなると思う？」

若者は言った。「ふたたび逆境になる！」

若者はそのとおりだと認めざるをえなかった。「僕たちは思っている以上に順境や逆境を『つくり出し』ているんですね」

「そうなんだよ！」老人は声をあげた。若者が自分でいろいろと発見しはじめたのを見て、目を輝かせた。

「今夜はこれくらいで十分だろう。よかったら、また明日、話そうじゃないか」

「ぜひともお話ししたいです」

老人はおやすみを言って立ち去り、若者はテントを張ってキャンプの用意をした。

そのあと、彼は自分の山と谷がどうつながっているだろうと考えながら眠りについた。

翌日の早朝、老人は熱いコーヒーの入った魔法瓶を携えてやって来た。

明るい朝日の中、老人の瞳は驚くほど澄み切っていた。思わず若者は言った。「あなたはとても幸せそうだ。この山頂でいつも好調でいられるからでしょうか?」

「いや、そうじゃない。それに、いつもここにいるわけじゃない。さまざまな道具を手に入れ、ここの生活に必要なものを探しに谷にも行かなくてはならない」

若者はまだ眠気が抜けきらず、老人の言葉がよくわかっていなかった。「ここにいたら、僕もずっと幸せでいられるだろうなあ」

「いや、そうはいかない」と老人。「誰も一つところにとどまることはできない。たとえ物理的に一箇所にとどまっていたとしても、心は常にあちこちさまよっている。

解決のカギは、そうしているその一とき一ときをあるがままに『真に』楽しみ、感謝することだ」

「よくわからないけど、ただ、この山頂のすがすがしい大気の中で、素晴らしい気分を楽しんでいるということだけは確かです。

でも、どうして谷ですごす時間も楽しまなければならないんでしょう?」

「実は、谷をどうすごすかは、どのくらい長くそこにとどまるかに大きく関係してくる。次のように考えるのが有益だろう――」

山とは、自分が持っているものに
感謝するとき。

谷とは、失ったものを
求めるとき。

「面白い」若者は言った。「でも、どう考えようと、山は山で、谷は谷だと思うんですが。僕がどう考えるかとどんな関係があるんでしょう?」

老人は聞いた。「君がこの頂きに着いたとき、真っ先に言ったことを覚えてるかい?」

若者は考えたが、思い出せなかった。

「君は『見そこねてしまった』と言ったんだよ。夕日を見そこねたことしか頭になくて、星には気づきもしなかった。山頂にたどり着いたことすら忘れていた。

もしも、ここにたどり着いたとき両手を挙げ、『ばんざい！　やったぞ！』と叫んだら、気分も違っていたんじゃないかな?」

若者はため息をついた。「そうですね。僕は自分で、心の山を谷に変えてしまったんですね。はるばるここへ、何年も夢見ていた場所へたどり着いたというのに、まだしくじってしまったように感じていた」

老人は言った。「そうだね。あのとき、君は自分の心の中に谷をつくり出していたんだね」

それから、尋ねた。「目覚ましい成果をあげて銀メダルを獲りながらも不幸せだとしたら、それはどうしてだろう?」

若者は考えてみた。「金メダルを獲った場合と比べるからでしょうか」それから気づいた。「谷を少なくしたいなら、比べたりしちゃいけないんですね。その時点で幸せなことを楽しめば、もっともっと山にいる気持ちになれるんですね」

「そのとおり! たとえ逆境にあってもね。

では、これはどうだろう?」

外部の出来事は
かならずしも思いどおりにはならない。

しかし、心の中の山と谷は
考え方と行動しだいで
思いどおりになる。

若者は眉をひそめた。「そうなんですか。でも、どうすればいいんでしょう？ 仕事でも私生活でも役立つと言われましたが」

「確かに。谷を山に変えるには、出来事を変えるか、出来事に対する『受け取り方』を変えなければならない。

状況を変えることができれば、言うことはない。だが、状況を変えることはできなくても、受け取り方を変えて自分にプラスにすることはできる」

「どうやって？」

「たとえば、君が一人で家族の生計を支えていて、安定した、給料のいい仕事に就いていると考えているとしよう。それが、何の予告もなしに、解雇されてしまった——そして、すぐに次の仕事は見つかりそうにない。さあ、どんな気がする？」

「驚き、呆然とし、憤慨する」

「そうだよね。たいていの人がそうなるだろう。しかし、解雇はいやだとしても、もしも仕事を辞めることが非常にいいことだと考えたらどうだろう？

もしも、のちにその仕事が自分にあまり合っていなかったとわかったらどうだろう？　しかもその時点で仕事を辞める気はなかったとしたら、ずっと前に辞めていたほうがよかったということになるんじゃないか？

解雇されてよかったと考えることにしたらどうだろう？」

若者は言った。「でも、もっと悪いことになるかもしれない」

老人は笑い声をあげた。「それはそうだ。誰にもどうなるかわからないものね。しかし、実際には、よりよい方向に考えればよりよい結果につながるものだ」

それでも若者には疑問だった。「でも、職を失った人にとって、それは本当に現実的でしょうか？　気は楽になるかもしれない――だけど、やはり仕事は必要です。気分がいいだけじゃ家族は養えない」

老人は言った。「確かにそうだ。じゃあ、『真に』現実的だということを示そう。君が新たに従業員を雇うとしたら、どんな人を雇うだろうか――打ちのめされたようすで、元の雇用主からひどい扱いを受けたということばかり言いたてるような人か？ それとも、苦境にあってもいい点を探し、進んで新しいチャンスを求め、よりよいものを見つけようとする人か？」

若者は言った。「前向きな人です。そういう人のほうがいい仕事をしそうだから」

老人は言った。「よりよい考えを持った人がよりよい仕事を手に入れるのもそのためだ。それで、そういう人の谷はどうなっただろう？」

若者ははっとした。「山に変わったんだ！ その人が『考え』『行った』ことが実際に効果をもたらしたんですね。これは本当に実際的だ！」

「そう。きわめて現実的で、役に立つ。次のように、単純なこともある――」

谷から出る道が
現れるのは
物事に対する見方を
変えたときである。

このころには山は冷え込んできて、雪がちらつきだしていた。老人は聞いた。「山ですごす用意はあるのかい？」

若者は防寒服を持ってこなかったと言った。「一刻も早く谷を出ようとして、この山で何が必要かあまり考えていなかったようです」

老人は言った。「よくあることだ。山に長くとどまりたいなら『真に』準備をすべきだということがわかっていない人が多い」

若者は、順境にも対処が必要だということが理解できなかった。

「また戻ってきてくれるね」老人は言った。「一緒にすごせて楽しかったよ」そして、握手をかわすと別れを告げた。

若者は山から去ることが悲しかったが、ここで得たことを思うと元気が出た。

これからは仕事や人生に対する見方が変わるだろう、と思った。谷も、状況を好転させてくれる隠れた利点を見つけるチャンスだと考えることにした。

山頂の新鮮な空気を深く吸い込むと、谷に戻ってからも明快に考えられるようにしたいと思った。

そして、覚えておきたいことを心に刻んだ。

逆境にひそむ利点を見つけ
それを活かせば
谷を山に変えることができる。

3　忘れる

若者は谷に着くと、これまでよく草原に立ち、はるかな山の頂きを見上げ、あそこで別の人生を見つけたいと夢見たことを思い出した。

それから、喜びがわき上がってきた。実際にあの山に登ったのだ！　そして、望んでいたとおり、素晴らしい展望を得たのだ。

いまや新しい考え方を得て、仕事に復帰したくてたまらなかった。あの冒険をつぶさに話したら、両親や友人たちは何と思うだろうか。

家に向かいながら、彼は思った。「谷から見る眺めは実に小さい。あの山の頂きからなら、容易に広大な光景を見ることができる」

彼はとても満足だった。

それから、気になっている若い女性のことを思い浮かべ、自分の冒険と新しい発見を感心してくれるといいと思った。

家に着くと、両親にあの山に登ったこと、そこに住んでいる老人から教わったことを話した。

そして、この新しい人生観を手に入れたうえは、職場で有用な存在になり、まもなく昇進するのは間違いない、と言った。

両親は顔を見合わせた。息子が大げさなことを言っていると思ったが、黙っていた。若者もたいして確信があるわけではなかった。新しい展望は本当にそんなに効果があるのだろうか。内心、疑問があったが、とにかく試してみたかった。

その後、彼は友人たちにも山で教わったことを話した。

興味津々《しんしん》の人もいれば、首をかしげる人もいた。ごく簡単なことのようだが、本当に役立つのだろうか？　もちろんそういう友人たちも彼がうまくいくのを望んでいた。

彼は気になる女性にも話した。彼女は面白い話だと思い、彼が張り切っているのが嬉しく、ずっと打ち込んでくれればいいと思った。

仕事に戻った彼は、幸福だった。

会社の事業は順調だった。業績は伸び、収益は最高を記録した。

そんなある日、大事な出荷品が紛失し、誰も気づかなかった。最大の得意先が、怒りのあまり取引を中止したいと言ってきた。

会社のみんなが必死に何とかしようとした。不足分を補おうとする人もおり、不明の出荷品の行方を調べる人もいた。

しかし、会社はあまりにも急成長し、従業員は過剰な仕事に対応しきれなくなっていた。みんな手を尽くしたが、ほかにも荷物の紛失が起きた。多くの得意先が注文をキャンセルしはじめ、職場の雰囲気は寒々としたものになってきた。

若者は、老人が谷から抜け出すにはどうすればいいか言っていたのを思い出した。

「逆境の中にひそむ利点を見つけ、それを活かせば、谷を山に変えることができる」

その夜、彼はずっとそのことを考えた。

翌日、上司のところへ行き、一つのアイデアを話した。もしも、この危機をチャンスととらえ、わが社の荷物の追跡システムの欠点を見つけ、それをもとによりよい、もっと確実なシステムをつくったらどうでしょう、と。

上司はいいアイデアだと言い、チームをつくって取り組むようにと命じた。

数日後、チームはシステムに決定的な欠陥を見つけ、もっとずっと確実で安上がりな注文処理方法を考え出した。

会社は得意先に謝罪し、相手も納得してくれた。新しい配送システムはすぐにも使え、経費も減った。多くの得意先がふたたび注文をくれるようになった——初めは小口の注文しかなかったが、そのうち大口注文も来るだろうという期待があった。

新しいシステムは聡明な若者のチームが開発したものだという噂《うわさ》が広まった。同僚の間で彼の評判は高まり、上司も喜び、彼の昇給を決めた。

まもなく、彼は上司のところへ行き、別の提案をした。これまでやったことはないが、成長している新興市場に投資してはどうかと言ったのだ。

しかし、上司の返事はノーだった。業績は好調なのでこのままでいいというのだ。そして、若者は最年少の管理職だし、昇給したばかりではないかと言った。それで満足すべきだというのだ。

若者は、上司もほかの社員と同様、現状に満足しているのを知った。社内外ともに多くのことが悪い方向に向かいはじめていたのに、誰一人気づいているふうはなかった。

ほとんどの人が会社がいまだ順調にいっているかのようにふるまっていた。事業は伸びたのだが、そもそもどうして成功したのかを忘れていた。

多くの部署が資力以上に金を使っていた。会社がうまくいっていると安心していたのだ。

やがて、もっと大きな問題に悩まされるようになった。収益が大幅に落ち込み、経費削減を迫られたのだ。従業員はレイオフされ、その中には若者の友人も何人かいた。状況は悪化していった。

それでも若者は、チームで効果的な注文・配送システムをつくりあげて以来、地位を維持し、高く評価されていた。

彼は両親に自分がいかにいい仕事をしているか誇らしげに語った。

だが、まもなく彼は成功に悦に入り、自信満々で、他人の言うことを聞こうとしなくなった。

そのうち、山で学んだことの多くを活かすのを忘れるようになった。

気づかないうちに、周囲の人々との関係が悪くなっていった。同僚たちは彼を避けるようになり、上司は彼のあら探しをするようになった。

彼の自信も薄らいでいった。

職場の状況は明らかに悪化していったが、彼にはなぜかわからなかった。

両親は若者と話そうとしたが、彼は耳を貸さなかった。彼は言い訳ばかりし、それが事態をいっそう悪くした。やがて、若者は自分が深い谷間にいるのに気づいた。

それから、谷間に戻る前に老人が与えてくれたアドバイスを思い出した。

山と山の間には
かならず谷がある。

谷にどう対処するかによって
いかに早く次の山に
たどり着けるかが決まる。

彼は考えた。「じゃあ、どう谷に対処すればいいんだろう?」老人は何か教えてくれていたかもしれないが、思い出せなかった。

そこで友人に相談しに出かけたが、誰も見あたらなかった。もちろん彼は気づいていなかったが、友人たちは彼を避けていたのだ。

あの若い女性からもしばらく連絡がなく、なぜだろうと思った。「たぶん忙しいだけだろう」彼は自分に言い聞かせた。

そのうち、山へ登る前よりも孤独を感じるようになった。

そこで、事態を別の角度で見ることによって、何とか谷から抜け出そうとした。また、状況の中にひそむ利点を見つけ、自分にプラスになるようそれを活かせないだろうかと試みた。

しかし、どんなにしても気分はよくならなかった。

最初、「山と谷の対処法」は役に立った。

ところが、いまは役に立たないし、なぜなのかもわからなかった。

彼はふたたび草原を訪れ、山を見上げた。

「山と谷の対処法」は、老人の話を聞いたときにはいいように思えた。だが、実社会のここでは、幸せは長くつづかないおとぎ話にすぎないように思えてきた。

信じようとしなかった友人たちのほうが正しかったのかもしれない。

彼はじっくり考えてみようと外に出かけ、静かな池のほとりでちょっと立ち止まった。見下ろすと、自分の姿が目に入った。いやな顔をしていた。

自分が怒りっぽくなっていること、心に不満がくすぶっていることに気づいた。ふと、老人の別の言葉が頭に浮かんだ。

「谷で何も学ぶことができないなら、いっそう苦しくなるだろう。何か価値あることを学べば、もっとうまくいくようになるだろう」

しかし、そうだとしても、何を学べばいいのだろう?

何週間かすぎ、若者はそれを見つけようとするのに疲れてしまった。

そんな彼に、友人たちが高原に出かけないかと声をかけた。友人たちはその高原で「ぼうっとすごす」のが好きだった。

若者は行ったことはなかったが、聞いたところでは登るのはさほど大変ではなさそうだった。あの山頂ほど遠くないのは確かだ。

それに、高原でぼうっとすごすのは谷間で沈み込んでいるよりもいい。

そこで、高原に出かけた。

4　休息する

若者はその高原に見事に何もないことに驚いた。木の一本もなく、見渡すかぎり平地だった。

気候は中途半端で、谷間ほど暖かくもなく、山頂ほど涼しくもなかった。

どんよりした空に太陽は隠れ、どんな天気とも言えない感じだ。

ときおり、遠くに人が見えたが、彼はその人たちを避けて歩いた。独りでいたかった。

最初、ほとんど何も感じないことにほっとした。高原に来てよかったと思った。

やがて、気分が高揚したり落ち込んだりするストレスがなくなってきた。ただそこにいることが心地よく、気持ちが安らいだ。

しばらくして、友人たちを見つけて嬉しくなったが、友人たちはたいして喜んでいるふうはなかった。

彼らの目は、あたりの自然と同じように生彩がなかった。周囲の出来事にまるで無関心なようすだ。野外にいるのに元気も活気もなかった。

若者は友人たちを見やり、自分もそんなふうに見えるのだろうかと思った。そうはなりたくなかった。

若者はうんざりし、不安になった。高原に着いたときは生き返るようで、すべてを忘れて休息できた。

それがいまや精根尽きはてたような気がしてきた。もう山頂で抱いたような勢い込んだ気持ちはなかった。

谷間にいたときは、高原を訪れるのはいい考えのように思えた。

ところが、いまはもうここにいても仕方ないような気がした。高原は、気分を高揚させることも沈ませることもない、どっちつかずの場所だと思った。

それなら、この高原は自分にとって何なのか？　それ相応の休息の場なのか？　それとも逃避の場なのか？　もしそうなら、何から逃避しているのか？

そして、友人たちはどうなのか？　ぼうっとすごすことで現実から逃避しようとしているのか？

とうとう彼はみんなに別れを告げ、単独行動を取ることにした。

この場所から山の頂きはかすかにしか見えなかった。若者は山を見上げ、いまごろ老人は何をしているだろうと思った。

あのとき老人の顔をのぞき込み、その瞳に聡明さと明快さを見て取ったことを思い出した。あの場所に戻れたらと、心のどこかで思った。

山頂で見いだした明快さは、高原で感じた倦怠感《けんたい》とはまるで別ものだった。

彼はふたたび山を見上げ、これまでに何度も感じた、ある衝動を覚えた。

彼は何かよりよいものを求めていた。

しかし、もう一度あの山の頂きまで登りたいかどうか確信がなかった。谷に戻らなければならなくなったときに、ふたたび気落ちするだけかもしれない。

その夜はあまり眠れないまま、もう一度登ったほうがいいのだろうかと考えていた。

翌朝目覚めたときには、山のことを考えていた。

考えれば考えるほど、老人のところに戻り、「山と谷の対処法」がほんの少しの間しか役に立たない理由を聞きたくなった。

結局、高原を去り、谷間に帰った。その後の数日間、彼はふたたび登山の計画を立てた。

今回は山ですごすのに必要なものをしっかり準備することにした。

5　学ぶ

ふたたび山に登るのは大変で、頂きにたどり着いたときには疲れはてていた。それでも、美しい日の入りを見ることができた。

今回は山の老人の家に招かれた。家は驚くほど大きく、目を見張るほど見事な建物だった。

それから、二人は外に出て、美しい湖を望む広いポーチに腰を下ろした。

若者は言った。「この山に戻れたけれど、すごく幸せだとは言えないんです」

老人は彼に会えて嬉しかったが、彼が悩んでいることを知り、訳を尋ねた。

若者は言った。「谷間に帰ってから、僕はここで教わったことを活用しようと思いました。逆境の中にひそむ利点を見つけることなどです。初めはうまくいったのですが、そのうちうまくいかなくなりました。

がっかりした僕は、高原を訪ね、そこですごしました——でも、あまり効果はありませんでした」

「それは健康にいい経験だったかい、それとも不健康な経験だった？」老人は聞いた。

「わかりません」

「こんなものを見たことがあるかな？」

老人は次のような図を描いた。

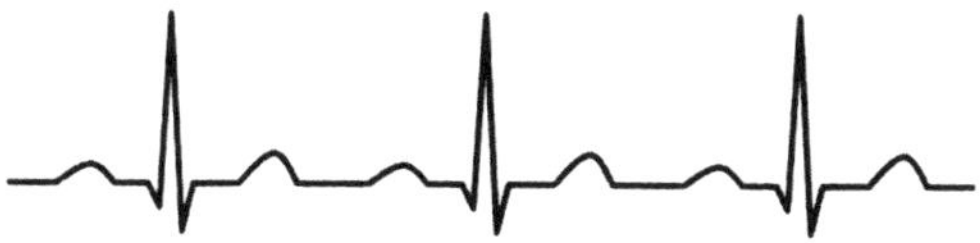

若者は言った。「脈拍を表しているようですが」

「この上昇と下降から、何が思い浮かぶ?」

「山と谷です!」

「そう。しかし、これは何だと思う?」

今度は直線を描いた。

若者は言った。「まったく脈のない状態を示していると思います」

「そうだ――こうなっては問題だ！　正常な脈拍と同じで、山と谷は普通の正常な人生につきものなんだよ。

高原もそうだ。何が起きているのかを吟味し、ちょっと立ち止まって次に何をすべきかを考えるなら、それは健康的な休息期間になる。

現実を拒否して逃避するのは健康によくないが、リラックスしてくつろぎ、事態が好転すると信じるのは、たいていは非常に健康にいい。夜よく眠るとか、昼間ちょっと休息を取るとかすると、うまくいくようになることが多いだろ」

今回、若者は新たにわかったことを書きとめようと、ノートを持ってきていた。それにこう記した。

高原は
休息し、熟考し
元気を回復する期間になる。

若者は言った。「僕の場合、高原ですごしたのは初めは不健康でしたが、結局はよかったです。

高原を訪ねたときは、もうだめだと感じていたと思います。でも、その後、谷間に帰ってきたときには、十分休息が取れ、どうしてももう一度この山の頂きへ来たいという気持ちになったんです」

彼は考え込んだ。「だけど、どうして上昇と下降があることが健康的なんでしょう？　どうしてそれが安心なんでしょう？　上昇したり下降したりすると不安になり、消耗してくたくたになりませんか？」

老人は答えた。「一緒に上がったり下がったりすればね。しかし、いったん『真に』順境と逆境に対処するすべを身につければ、調和がとれて健康だと感じることができる」

「でも、どうして？」

「まず第一に、自分が山にいない、つまり『順境』ではない、そして自分が谷にもいない、つまり『逆境』でもないとわかれば、心が安らぐ。そうすると、もうジェットコースターに乗っているような思いをしなくてすむ」

若者は考え込んだ。二人は黙って沈む夕日を眺めた。

やがて、老人が尋ねた。「谷間に帰ったあと、何があったんだい?」

若者は言った。「『山と谷の対処法』は役立つように思えました。実際、仕事でいくつか成功を収めましたしね。でも、その後、うまくいかなくなり、その理由もわからないんです」

「さっき脈拍の図を描いてみせたのには、もう一つ理由があるんだ。『山と谷の対処法』を君の『心』に応用してもらおうと思ったからだよ」

「どういう意味でしょう?」

「重要なのは、山で得た有益な見識だけではない。違いを生むのは、その見識をどう『感じる』か、それでどんな『行動』をとるかにもよる。たとえば、谷で不幸なとき、どのようにふるまうだろう？」

「どのようにふるまう？」と若者。

「そう。それに、君が谷に帰ったとき、どのように感じた？」

「いい気分でした。順境でした！」

老人は黙っていた。

「それが何なんでしょう？」若者は聞いたが、老人はやはり黙っていた。やっと彼が言ったことがわかった。

「ああ……そうか、そういうことなんですね！　順境が長つづきしなかったのは、僕が感じたこと、行ったことのせいなんだ」

老人は言った。「そのとおり！　もちろん、問題は順境自体ではなく、その順境の間に物事にうまく対処しなかったということだ。このように考えるといい――」

順境に感謝し
賢明に対処すれば
逆境はほとんど経験しなくてすむ。

若者は少し考えて言った。「でも、何が悪かったのかわかりません。順境への対処の仕方のどこがまずかったんでしょう?」

老人は言った。「君はとても気分がよかったとき、この山頂で発見したことを少々自慢したんじゃないかな?」

若者は何も言えなかった。

「そうしたかもしれないと思わないかい?」

「そんなことはしなかったと思います。たぶん」

老人は待った。

若者はため息をついた。「そうですね、近ごろ友人たちが僕を避けるのはそのせいかもしれません」とりわけ、気になる若い女性のことを思い浮かべていた。

それから言った。「初めてこの山頂を訪れたとき、あなたは、山にとどまりたいなら『真に』準備をすべきだということがわかっていない人が多い、とおっしゃいました」

老人は微笑んだ。「覚えていてくれて嬉しいよ。山に対して準備をしていない人は、たちまち落下し、苦痛を味わう」

「どうすれば真に山にとどまる準備ができるんでしょう?」

「『私』が答えるよりも、君が『君自身の』答えを見つける手助けをしたほうがいいだろう。

さて、物事がうまくいかなくなったとき、君はどう感じた?」

「不愉快でした」

「じゃあ、なぜふるまいを変えなかったんだい?」

「わかりません。どう対処すればいいかわからなかったか、無視していれば事態はよくなるだろうと思っていたのかもしれない。もしかしたら、自分が間違っていること、助けがいることを認めたくなかったのかも」

「それで、普通、どうしてそうなるんだろう?」

若者はしばらく考えた。「よくわかりませんが、恐怖心のせい？」

老人はうなずいた。「そうだ。では、そういう恐怖心のもとは何だろう？」

若者にはわからなかった。

「エゴだよ」老人は言った。

「エゴは、山では人を傲慢《ごうまん》にし、谷では怯えさせる。現実を見えなくさせ、真実をゆがめるのだ。

山にいるとき、人はエゴのせいで物事を実際よりいいように見てしまう。谷にいるときには、実際より悪く見てしまう。

そのため、山はいつまでもつづくと思ってしまうし、谷には終わりがないと怯えてしまうんだ」

若者は老人の次の言葉をノートに書きつけた。

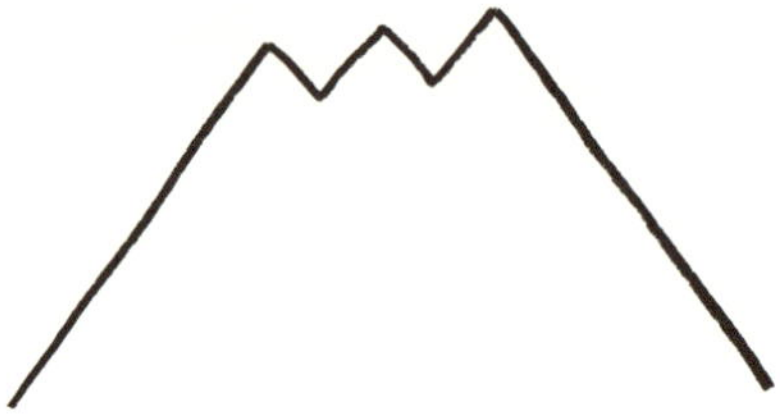

山からすぐに落ちてしまう
一番の理由は
傲慢である。
それは見せかけの自信にすぎない。

谷からなかなか出られない
一番の理由は
恐怖心である。
安楽そうに見せかけてはいても。

若者は聞いた。「どうして傲慢だと山から落ちてしまうんでしょう?」

老人は言った。「例をあげよう。私は若いとき、有名な大企業で働いていた。会社は素晴らしいサービスを高い価格で提供していた——業界で最高だった。

その後、コストが増大し、景気が悪くなった。サービスの提供にさらにコストがかさみ、まもなくほとんどの社員がやっていけなくなった。

売上は落ちたが、名のある企業だったため、経営陣は逆境を乗り切ればいいのだと考えていた。

もちろん、現実には、わが社は変わる必要があった。しかし、それに気づかなかった。思い上がりから自己満足に陥っていたためだ。

結局、大半の顧客を失い、会社を売却せざるをえなかった」

「それで、『あなた』はどうしたんですか?」若者は聞いた。

「自分に問いかけたよ。『この状況における真実は何だろう?』と。真実は、われわれは顧客を幸せにしていなかったということだった。

それから、こう自問しはじめた。『どうすれば顧客のためにもっと役立つことができるだろう?』

まもなく、私は退職し、自分の会社を興した。そして、この問いをビジネスの基礎にした。

初めは小さな企業だったとしても、わが社は顧客に素晴らしいサービスを提供し、彼らはほかの人々にそれを話した。わが社は何年も成長をつづけ、大企業になった」

若者は会社名を尋ね、聞くとすぐに思い当たった。この新しい友人は大富豪だったのだ。

確かに、この「山と谷の対処法」は仕事で本当に役立った。だが、私生活でも同じように役立つのだろうかと彼は思った。

「これが私生活でどう役立ったのか、もう少し話していただけませんか?」と尋ねた。

老人はちょっと考えて言った。「いいよ。個人的な例を話そう。妻の体の具合が悪くなったとき、私たちにとって事態はどんどん深い谷になっていった。それまで、妻はいつも子育て、家庭の切り盛り、みんなの世話を苦もなくやっているように見えた。

彼女がひどく苦しみ、いつも楽しんでやっていたこともできないなんて、信じられなかった。

私は、彼女がやっていたことを代わりにやるのは幸せなことだと思った。そこで、何とか妻と子どもたちの世話をし、家庭の切り盛りを手伝い、仕事もつづけた。まもなく私はくたくたになった。

もちろん、私が本当に気にしていたのは彼女の幸せだった。でも、どうすればいいのかわからなかった」

老人は声をつまらせた。暗い日々を思い出したのだ。

若者は静かに言った。「大変でしたね」

「そう。私は怯えていた。どうなるのか不安だった。恐怖心が真実を追いやってしまうことはわかっていた。そこで私は、『この状況の真実は何だろう?』と自問した。真実は単純で、『私は彼女を愛している』ということだった。

さらに自問した。『最も愛情がこもっていて、いますぐできることは何だろう?』最初はわからなかった。しかし、その後、思いつくかぎりのことを片端からやった。そして、まもなく状況はそれほど深い谷ではないと思えるようになった」

「なぜでしょう?」若者は聞いた。

「妻も私がどれほど愛しているかわかったからだよ。彼女もそれで気分がよくなった。私があれほど思いやり深く接したことはなかったしね。そのうち、私自身、いい人になるということが楽しくなってきた」

老人はつけ加えた。「意外だが、前より心穏やかで、順調にいっているという気持ちになってきたんだ。悲惨な状況にあってもね。

私の恐怖心は、大部分が彼女のことではなくて、自分のことを思ってのことだったんだ。何とかしてもっと愛情深くなろうとしているうちに、重点が自分から彼女へと移った。自分自身から離れることができたわけだ」

「そうして、『エゴ』を捨てると、速やかに谷から出られる」若者は言った。

「そのとおり。エゴを捨てると、長く山にとどまることもできる」

若者はこれは非常に重要なことだと考え、忘れないでおこうと思った。

ふと、遠くに目をやって叫んだ。「すごい！　あれを見て」

老人は微笑んだ。いずれ若者が気づくとわかっていた。

「あの素晴らしい山を見てください。ここよりも高い」まるで初めて見たかのようだ。

「あそこからの眺めはここよりいいに違いない！」

「確かにそうだ」老人も言った。

「見に行かなくちゃ」若者は言った。

しかし、下方を見やり、高い頂きとの間に深い谷が横たわっていることに気づいた。そこを渡るのは大変だと思い、不満の声をあげた。

老人は聞いた。「あの谷に目をやったとき、人は何を見るだろう？」

若者はちょっと考え、それから笑い声をあげた。「苦痛でしょうか？」

老人も笑った。「多くの人がそうだ。谷を見て、フラストレーション、ケガ、失望、怒り、失敗などを予想する。

だが、そこに隠されている利点を見つけ、それに集中すれば何が起こるんだったかな？」

「谷を山に変えることができる」若者は言った。

「そうだ。しかし、『真に』感謝し、隠されているものを活用できるのは並外れた人間だけだ。『君』はできるかい?」

若者は大きく息をした。「ありがとうございます、そうでした。僕の課題は、別の方法で谷を乗り切ることですよね。どうやればいいんでしょう?」

老人は言った。「最もいいのは、君なりの『具体的なビジョン』をつくり出し、それにしたがうことだ」

「具体的なビジョン?」

「君にとって意味がある、将来行きたいと願う山を思い描くということだ。そして、思い描くことができるものはどんなに大きくても、それ相応に強く望めば、実現するものだ。

また、五感をフルに使って、きわめて具体的で、綿密で、実現できると思えるようなイメージをつくり出せば、いっそう現実的になるということだ。

その山の外観、音、匂い、味、感触を思い描くのだ。それが非常にリアルなら、そこに到達することを思い描くことによって、谷を乗り切ることができる」

若者はそれがどれほど効果的かを悟り、こう書きとめた――

次の山に到達するには
自分の具体的なビジョンに
したがうことだ。

きわめて具体的で、綿密で
喜んで実現する努力ができるような
よりよい未来を満喫している自分を
思い描こう。

二人は日が暮れるまで親しく話し合った。

夜が更けてテントに戻った若者は、もっといい場所にたどり着いた夢を見た。

翌日は早く起き、向こうの高い頂きを見つめた。それから、老人に会いに出かけた。

そして、あまり時間をかけないで向こうの山にたどり着きたいものだと言った。この前登ったところからよりも素晴らしい景色が見られると期待していた。

別れるとき、老人がアドバイスをくれた。

「君は、あの高い頂きにたどり着いたら、自分自身のより深い真実を見抜くことができるだろうかと思っているかもしれない。

自分自身の考えに真剣に耳を傾け、自分にとっての真実に導いてくれる、仕事や私生活の真の瞬間を取り戻したいと思っているかもしれない。

君が見いだすものは、ほかならぬ『君自身』の英知になるのであって、私やほかの人の英知になるのではない」

若者は覚えておきますと言い、非常に多くのことを教えてくれたことに礼を述べた。

それから、二人は握手をかわし、若者は彼方の高い頂きを目指して、深い谷を越えるべく出発した。

6　発見する

若者は未知の谷をとぼとぼと歩いていった。土砂降りの雨が顔を打つ。雨宿りのできるところを探したが、見つからなかった。

予想以上にきびしい行程だということがわかってきた。出発したときには、これほど深い谷には見えなかった。

「どうしてこうなんだろう?」若者はつぶやいた。「幸せになれるはずじゃないのか?　どうして谷なんかが必要なんだろう?」

足はびしょぬれになり、骨まで凍えそうだ。彼は惨めだった。

歯を食いしばり、言った。「これも、いつか笑い話になる日が来るだろう」

その言葉を考え、つけ加えた。「どうしてその日まで待たなきゃならないんだ?　いま笑えばいいじゃないか」

彼は大声で笑い、少し気分がよくなった。その笑い声に答えるように大きな雷鳴が響いた。彼は不安になって空を見上げ、雷に打たれませんようにと願った。

ゴツゴツした岩を踏んでいくので、足は傷つき、脚も痛んだ。老人の言ったことが思い出された。「谷にどう対処するかによって、いかに早く次の山にたどり着けるかが決まる」

若者はさほどうまく対処しているとは思わなかった。

ようやく谷底の一番深いところにたどり着き、そこで立ち止まった。

雨が道をすっかり押し流し、前方には音をたてて流れる川しかなく、そこも渡れそうになかった。

「だめだ」彼は大声をあげた。「こんなに激しい流れじゃ、どうにもならない」

すっかり打ちのめされた。

方向転換し、もと来た道を戻るしかなさそうだ。だが、どんな顔をして老人に会えばいいんだろう？　自分自身にどう言い訳すればいいんだろう？

若者はぬかるみにへたり込み、川を見つめた。歩いて渡ろうとして、強い流れに引きずり込まれるのが怖かった。水中で溺《おぼ》れ、口いっぱいの水を飲み込むさまが頭をよぎった。

彼は身震いし、自問した。「なぜ谷ではこんなに苦しまなきゃならないんだろう？」

これに答えるかのように、老人が言ったことを思い出した。

谷の苦しみは
それまで無視してきた真実に
気づかせてくれる。

では、無視してきた真実とは何だろう？

彼ははるか彼方の高い頂きを見上げた。

「僕には、本当にあの高い頂きに登りたいということしかわからない」と思った。

あの山頂には、老人の家の前の湖と同じかそれ以上に美しい湖があるだろうかと考えた。

さわやかな空気が顔をなでていくのはどんな感じだろう、と想像した。

それから、次の山頂に到達することについて老人が言ったことを考えた。「具体的なビジョン」――意味があり、実体のあるよりよい未来像を思い描き、それにしたがうということを。

そこで気づいた。ほんのさっき、自分は「恐怖に満ちたビジョン」をつくり出していた。川の中に引きずり込まれ、溺れている自分のイメージを。

老人は「恐怖に満ちたビジョン」のことなど言わなかったが、若者が見ていたのはまさしくそれだった。

「たぶん人はたえず自分の未来像をつくり出しているのだ。気づいていようといまいと――恐怖に満ちたビジョンか、具体的なビジョンを」と思った。

それから、彼は言った。「ああ！　そうか、そうなんだ！」

雨が降り、雷鳴がとどろく中、大声で叫んだ。

谷とは
恐怖心だ。

彼はさまざまな谷があると思った。病気、愛する者を失うこと、経済的な破綻などの不運。これらは自分ではどうにもならないものだし、恐怖心から生じるものでもない。

しかし、彼にとってもっと重要なのは、恐怖心による谷を自分でたくさんつくり出してきたということだ。その時点では気づいていなかったとしてもだ。

谷とは失ったものを求めることだとすれば、自分は失ったものを手に入れる、または取り戻すことができないのを恐れたのだろうか、と彼は思った。

逆境が長くつづくこともあるが、恐怖心を乗り越えればたちまち気分がよくなることはわかった。

ともあれ、いまだに彼はずぶ濡れで、谷底のぬかるみに座り込んではいたが、恐怖心を乗り越えれば気分がよくなると認めざるをえなかった。

谷のいくつかは自分に原因があるのに、それを否定したこともしばしばだった。

山が長くつづくことを願っていたのは確かだ。いま、自分の仕事と私生活を考えてみると、山はそれほど長つづきしなかったように思えた。彼は谷もあまり長くつづかないでほしいと願った。

それから、笑い声をもらした。「できれば……できれば、願いがかなえられる力があればいいのに。そうすれば、幸運の小銭を投げ込み、向こう岸に渡るという願いがかなえられるのに」

ふたたび笑い声をあげ、いっそう気分がよくなった。自分自身を笑いとばすことができるのはいいことだった。

それから、彼は老人が話そうとしていたことを思い出した。小さなノートを取り出し、こう書きとめた――

山にいるときには
物事を実際よりも
よく思ってはならない。

谷にいるときには
物事を実際よりも
悪く思ってはならない。

現実を味方にすべきである。

もう一度、山の頂きを見上げ、意気揚々とあそこに立ったらどんな気分だろうと思った。

老人は、谷を渡って次の山に到達するのに最も効果的なのは「具体的なビジョンにしたがう」ことだと言っていた。

そこで、彼は自分なりの具体的なビジョンづくりに取りかかった。目を閉じ、すでにあの高い頂きに到達したところを、現実的に、綿密に想像してみた。

雄大な眺望だった。黒い雨雲の上方にそびえる頂きに立ち、日差しが温かい。澄み切った湖の水を味わう。高い松の木々の香りがし、ワシの鳴き声が聞こえる。

恐怖などまったくない。穏やかな気持ちだった。

目を開け、頂きを振り返った。そこにいる素晴らしさを思いながら。具体的なビジョンをつかむと、それが磁石のように自分を現実に引き戻したように思えた。

彼は川の向こう岸に木の切り株があるのに気づいた。ある考えが浮かんだ。

バックパックからロープを取り出し、投げ縄をつくった。それから、立ち上がって向こう岸に投げた。だが、うまくいかなかった。

何度も投げたが、ロープは濡れて重みを増し、しだいに投げるのが難しくなるばかりだった。

とうとうへたり込み、目を閉じた。腕も背中もズキズキ痛んだ。

本当にもう諦めようかと思った。

それでも、もう一度、高い山を見上げ、自分のビジョンを思い起こした。

向こう岸に目をやり、切り株に意識を集中した。そこにはそれしかないかのように、見つめる。そのままロープを投げ、今度はきれいに切り株にはまった。それを何度か引っぱり、大丈夫なのを確かめた。

それから、渦巻く水の中に入り、両手でロープをたぐりながら、ゆっくりと向こう岸へ歩を進めた。

二度、あやうく流れにのみ込まれそうになったが、両岸に固定したロープにしがみつき、何とか事なきを得た。

ようやく岸にたどり着くと、そろそろと川岸をはい上がった。

立ち上がり、ばんざいをして叫んだ。「やったぞ！」

笑いがもれた。いまだ谷底にいたとしても、山頂に着いたかのように「感じた」。

その瞬間、はっとした。心の山とは何かがわかったのだ。

心の山とは
恐怖心に
打ち勝つことである。

彼は腰を下ろし、微笑んだ。恐怖を乗り越えて、最高の気分だった！　高い頂きを目指して再出発する前に、少し休むことにした。

よりよい未来を望むことと自分の具体的なビジョンにしたがうことの違いを考えた。それから、違いは実際に「行う」かどうかだと思った。

「願うだけでは行動につながらない。でも、本当に自分のビジョンにしたがうなら、それが実現するようなことを『しようとする』。人は無理をしなくても、熱烈に『望む』ことは、できると思わなかったことでもやっているものだ」

老人が言った、「真に」自分のビジョンにしたがうということの意味がわかってきた。望むことをあくまで貫き、実際にそれが実現するような行動をとること――それが「真実」を見きわめることなのだ！

恐怖心は人を引きとどめるが、真実はうまくいくよう手助けしてくれる、ということがしだいにわかってきた。

彼は笑みを浮かべ、もう一度、頂きを見上げた。やがて、意気込みも新たに立ち上がり、歩を進めた。いったん自分のビジョンにしたがうようになると、いっそうエネルギーと自信がわいてくるのがわかった。

かなり上まで来たところで、うっかり浮き石を踏んでしまい、ズルズル滑り落ちてしまった。それでも、また登りつづけた。

前進していることが嬉しく、笑みがこぼれた。この先に山頂があるのだ。

長い時間がたったと思うころ、ようやく彼は日差しの中に出、頂きに立った。

目の前には、見事な木々に囲まれたこの上なく素晴らしい湖があった。風がさわやかだ。

彼は振り返り、通ってきた谷を見やった。なんと苦しかったことか。しかし、だからこそいまはすべてが甘美にすら思える。

彼は谷にいたころのことを考え、以前の生活や仕事のことを思った。

両親や友人たち、気になる女性。どんなに怯えてすごしていたことか。もっとも、ずっと自分では気づいていなかったのだが。

友人たちが好意を持ってくれないのではないかと不安だった。父が気にかけてくれないのではないかと不安だった。気になる女性が自分に興味をなくすのではないかと不安だった。仕事を失うのではないか、人から落伍者と思われていないかと不安だった。たぶんそのほかにも不安なことはたくさんあった。

愚かにも、恐怖心によってしばしば人生が乱され、真実を見る目を曇らされてきた。

彼はようやく本当に「山と谷の人生哲学」をもとに生きられるようになったと感じた。そして、これは、「スキルをともなう一種の哲学」だった。

「それは一つの物の見方であり、同時に、物事の『やり方』でもある」と思った。

「現実を味方につけよ」と老人は言っていた。彼はその意味がわかった気がした。

谷で味わった苦しみは、彼が無視してきた真実に気づかせてくれた。

真実に直面するだけでなく、真実は「受け入れ」て初めて役に立つことがわかった。

それから、彼は叫んだ。「だからこそ、老人は『真に』という言葉をあれほど何度も使ったんだ。『真実』のことを言っていたんだ！」

幻想の世界に生きるのではなく、心から本当のことを探したいと思った。本当のことをもとにすれば、未来への強固な基礎をつくることができるのだ。

何より驚いたのは、自分の具体的なビジョンをつくり出し、それにしたがうことによる効果だった。老人の予測どおり、ビジョンにしたがうと、それを実現する驚くべき方法を思いつくことができたのだ。

ビジョンにしたがうのは地図を見るようなものだった。自分が行きたいと思うところへたどり着くのを助けてくれる、実用的な方法なのだ。

頂きのビジョンは、彼をむしばむ恐怖心を消し去っただけでなく、明確さと先へ進む強さを与えてくれた。

「これは『真に』ふたたび使う価値がある！」彼は笑みを浮かべた。そして、ノートに記した。

自分なりの
具体的なビジョンに
真にしたがえば
山をつくり出すことができる。

恐怖心は消え去り
心穏やかになり
うまくいくようになる。

彼は静かに腰を下ろし、木々の間を渡るそよ風の音と、湖岸に寄せる穏やかな波の音に耳を傾けた。その素晴らしさは想像どおりで、もしかしたらそれ以上かもしれない。

若者はこれまで感じたことのないほど開放的な気分だった。周囲の親しい人たちにもこの気分を味わってもらえたらと思った。

谷間の方を振り返って見た。家に帰るのがいいような気がしてきた。

しかし、その前にもう一度、老人に会って話したかった。自分の山でふたたび老人と会うのはどんなふうだろうと、詳細に思い描いてみた。

まだ若いうちに人生を変えることができたのは何と幸運だったことか！　年を取らなくても英知を手に入れることができるのだ。

それから、谷を見下ろした彼は、これまで気づかなかった近道を見つけた。

彼は思った。「高いところからは、驚くほど多くのものが見える。谷にいるときに重要なのは、もしも山にいたらどんなものが見えるかを想像することだ」

谷でもいろいろな発見ができるということが気に入った。そうなら、今度谷になったときにもそれほどつらくはないだろうし、もしかしたらプラスにできるかもしれないからだ。

彼は近道を通って老人のところに戻ることにした。「よりよい道がわかったからには、谷で過ごす時間もそれほど苦痛ではないだろう」と思った。

なじみの友人に再会するのが待ちきれなかった。

7　分かち合う

若者は昼すぎに頂上に着いた。老人の姿が見えたとたん、走り寄って抱きしめた。

老人は笑い声をあげた。「すごい挨拶だね。でも、見違えたよ！　あの夕方、初めて現れたときとはまるで別人だ。素晴らしい旅だったんだね」

「それはもう」若者は言った。「あの高い山へたどり着くのに、思っていたよりずっと時間がかかりました」

「『人生』は旅そのものだと言ったろう？」

「ええ。確かに、そうですね」

それから、若者は別れてからのことを話した。

老人は尋ねた。「それで、君が見つけた最も重要なことは何だい？」

「単に頭で山と谷を理解し、それを話すだけでは十分じゃないということです。最初に谷に戻ったときの僕がそうだった。

『山と谷の人生哲学』を実践する必要があります。そうすればそれだけ多く学び、大きく成長することができるし、心が穏やかになり、うまくいくようになる。

また、人生の順境も逆境もともに天の恵みであって、それぞれに素晴らしい価値があることもわかりました。うまく対処すればですが。

あの高い山に独りでいたとき、僕は一生懸命、真実について考えました。

いまは本当に友人や家族に会うのが楽しみです。彼らから学ぶことがたくさんあることもわかっています」

老人は微笑んだ。「ほかにも学んだことがあるよね」

「どういうことですか?」

老人は言った。「『謙虚さ』も学んだよね。私は嬉しいよ。いま、君は自分の山にいっそう長くとどまることができると思うから」

若者はにっこりしただけだった。

老人は言った。「初対面のとき、谷の暮らしがどんなに不幸か言ってたよね。何もかもうまくいかないって」

「そうですね」若者はちょっととまどった。「あの谷が自分を成長させてくれるチャンス、つまり人生でよりよいものをつくり出すチャンスだということがわかっていなかったんです。そこから学ぼうとせず、ただただ谷から逃げ出そうとしていた。いまは、自分のエゴを捨て、谷にひそむ天の恵みを見つければ、新しい、よりよい場所に導いてくれることがわかっています」

さらに考えて言った。「これが正しいかどうかわかりませんが、山の目的は人生を讃えることで、谷の目的は人生について学ぶことではないでしょうか」

老人は笑みを浮かべた。「そうだね。目を輝かせているところを見ると、山と谷の真実についてずいぶん多くのことを見つけたようだね」

「何もかもお見通しですね」と若者。

老人は笑った。「それほどのことじゃないさ！

あの谷底ではどうだった？　確かに非常に深い谷だが」

若者はしばらく谷を見下ろし、何があったか思い起こした。

「僕は荒れ狂う川に出くわしました。とても危険で渡れそうになかった。方向転換して戻りかけました」彼は言った。

「僕は失敗するのが怖かった。でも、自分を縛りつけているのは恐怖心だということを思い出したんです。

もっと重要なことですが、恐怖心を忘れ、エゴを捨てれば、谷を山に変えることが『できる』とわかりました」

「どうやって？　どうやったんだい？」老人は興味を持った。

「思い出したんです。次の山に到達するには、自分の『具体的なビジョン』、つまり、自分にとって『意味』があり、現実的で、本当に望めば達成できるビジョンをつくり、したがうことだと。

僕は五感を駆使し、自分がすでにあの高い山にいて、それを謳歌《おうか》しているのを想像しました。見えるもの、手ざわり、味、匂い、聞こえるものを思い描いたんです。すると、恐怖心は消え去り、エネルギーとやる気がわいてきた。

それから、僕なりの具体的なビジョンを見つめ、感じつづけ、ようやくそこに到達する方法を見つけ出した。ロープを投げ輪のようにして向こう岸の切り株にかけ、それをたぐりながら川を渡ったんです」ひどく苦労したことは省いた。

「何とか向こう岸に着き、頂きへ向かって進んでいきました」

老人は聞いた。「あの高い山はどうだった？」

若者の目がきらめいた。「あれは……すごかった！」

老人は笑った。「すごいって、どんなふうに？」

若者は彼方の高い山を見上げた。「息をのむほど素晴らしかった！　通ってきた谷やこの山も見ることができましたよ」

彼は老人を振り返った。

「でも、最大の発見は、あなたがあんなに何度も『真に』という言葉を使った理由です。順境を『真に』ありがたいと思い、対処することとか、逆境では、そこから『真に』学び、事態を好転させるというように。

『真実』に気づくということを言ってたんですね！　自分が望むことや、起きるのを恐れていることではなく、順境でも逆境でも、そこにある真実に気づくことを。いま、僕は真実を求めながら、山や谷を経験していきたいと思っています。『僕のこの状況の真実は何だろう』と自問しながらね」

老人は言った。「鳥肌が立ったよ。真実の言葉を聞いたからだ」

若者は笑い、ありがとうございます、と言った。二人は話をつづけ、やがて若者が谷の家に帰る時間になった。

別れの言葉をかわしたときには、二人ともこれが顔を合わす最後になるとは知るよしもなかった。

8　山と谷を活用する

若者が谷に戻ったとき、友人や家族は彼がひどく変わったことに気づいた。なぜかわからないまま、みんなはこれまで以上に彼と親しくつき合うようになった。

しかし、会社は苦しい状態で、赤字はふくらんだ。

若者は入社当時は景気がよかったことを思い返し、なぜこんなに変わってしまったのだろうと思った。

以前は、みんなビジネスのあらゆる面で改善策を見つけようと意気込んでいた。自問を繰り返し、答えにも容易に納得しなかった。何ごとも当然のこととはしなかった。

しかし、成功に慢心していた。成功するための努力をしようとしなかった。緊張感も好奇心もなくしていた。

事態が悪化すると、多くの人は不安になり、憤慨しさえした。事態を修復しようとしながら、見当はずれのところにエネルギーをそそぎ、他人を責め、言い訳に終始した。

会社が谷から抜け出せないのも不思議はなかった。従業員の多くは、考えも行動も谷を深め、広げるばかりだった。

そんなある日、誰もが最悪だと思う出来事に見舞われた。会社は独自の収益の高い製品を独占的に製造していた。それがいま、はるかに大手のメーカーが参入し、同様の製品を低価格で売り出そうとしているのだ。

莫大なマーケティング予算によって、大手メーカーは簡単に彼の会社を市場から締め出しそうだった。

会社は新しいマーケティングプランを立てたが、誰もさほど効果があるとは思わなかった。

若者は同じ部署の人たちを集め、次の二つの問いを考えてほしいと頼んだ。

「この状況における真実は何か？　逆境にひそむ利点をどう活用すればいいか？」

それから、翌日早朝の緊急会議で、できるだけいい答えが出せるよう頑張ろうじゃないかと声をかけた。

会議が始まり、一人の女性が言った。「私たちほどこの種の製品のことを知っている会社はないわ。長年この製品を使ってくれている顧客も、ほかより多いしね」

別の人がつけ加えた。「真実は、彼らには莫大なマーケティング予算があるということだ。われわれは彼らよりうまくできることをすべきだと思う」

チームはいずれもそのとおりだと意見が一致した。

若者が問いかけた。「じゃあ、われわれのために活用できる、この逆境にひそむ利点はどこにあるんだろう?」

年配の男性が言った。「彼らよりはるかに優れた製品をつくり出して、先を行くことに力をそそいではどうだろう?」

不意にみんなが隠れた利点に気づいた。ライバル社の大々的なマーケティング・キャンペーンのおかげで、この種の製品がいっそう人々によく知られるようになるだろう——だが、「自分たち」のほうがいい製品をつくるのだ。

見方によれば、ライバル社はわが社のマーケティングをやってくれるわけだ!

若者はみんなに「具体的なビジョン」——自分たちにとって意味のある、よりよい未来像——をつくり、それにしたがおうと提案した。

全員が賛同し、優れた製品をつくりあげたところを、具体的に、綿密に思い描こうとした。その製品は、顧客に大いに気に入られ、購入され、使用され、さらに口コミで伝えられるのだ。

一同は、顧客が「真に」望んでいるものを知ろうと、顧客の言葉に耳を傾け、自分たちが学んだことをほかの従業員たちに伝えているところを思い描いた。

それから、実際にそれを「行動」に移した！　顧客の話を聞き、人々が高く評価する製品に新たに素晴らしい特性を加えた。大物ライバルがマーケティングを始めたときには、彼らの会社は製品を大幅に改良しており、多くの顧客がそれを買い求めた。

彼らは素晴らしいサービスで好評を得、噂は広まり、会社の富は増大した。

従業員の仕事はまもなく、より安泰になった。

若者は山と谷について学んだことをさらに多くの従業員に伝えた。従業員たちはそれを議論し、自分たちの傲慢さが山を遠ざけていたことに気づき、二度と安易な自己満足に陥るまいと心に刻んだ。

若者とチーム一同は昇給が決まり、会社のためになる新たな方策を見つけようと努力しつづけた。自問し、答えはすべて知っていると思ったりしなかった。

若者は会社がふたたび山に戻ったのが嬉しかったが、この順境にうまく対処しなければ簡単に谷に転落することもわかっていた。

彼は学んだことを思い起こした。

「山に長くとどまるためには、謙虚さと感謝を忘れてはいけない。山に到達した原因となる行為をもっと精出して行おう。事態を好転させつづけよう。ほかの人々のためにもっと尽くそう。来たるべき谷に備えて、力を蓄えておこう」

彼は笑みをもらした。ついに順境によりよく対処するすべがわかったのだ。

これからは物事のやり方を変えるつもりだった。増えた給料のいくらかを蓄えたり投資したりして、そのうち確実にやって来る谷に備えるのもその一つだ。

ある日、彼は昇進したことを知って驚き、喜んだ！

このことを家族や気になるあの女性に一刻も早く話したかった。

しかし、やがて、その気持ちがさめてきた。

この前、仕事上の素晴らしいニュースを告げたとき、うまくいかなかったのだ。

成功を収めるようになったとき、自分がどんなに傲慢だったか、どんなにそれに無自覚だったかを思い出した。

どんなに友人たちから疎んじられたかも思い出した。あの女性からも避けられたのだった。

彼は自慢話によって彼女との仲が壊れてしまうのが怖かった。

しかし、恐怖心でくじけてしまわず、新しい「山と谷の対処法」を応用することにした。しゃべるよりも行動に努めるつもりだった。

「万一、二人の仲が壊れても」彼は自分に言い聞かせた。「その谷にも隠れた利点があると信じよう。

けれども、僕が以前よりいくらか謙虚で、もっとずっと愛情深くなっていれば、いっそういい関係を築くことができるだろう」

それから、自嘲的に言った。「『いくらか』謙虚だって？」

彼はもっと愛情深く、魅力的な人間になろうと思った。

いまは、もっと愛情深くなることで——恐怖心の代わりに愛情を持つことで——人に愛され、真に充実した関係を手に入れられると信じていた。

その後、彼は別の新しい「具体的なビジョン」をつくり出した。今回は、彼女のような女性がいっしょにいたいと思うような人間になっている自分を思い描いた。そして、おそらくもっと重要なのは、それは彼自身が「なりたい」と思う人間像だったことだ。

彼は、そのよりよい自分を細かいところまで想像した。あまり深刻に考えすぎず、いっしょにいて楽しく、しかし私生活でも仕事でも真の向上を目指す人。

また、世の中に変化をもたらす人、小さくても意義のある変化をもたらす人になりたかった。それに、最も身近な人々に感謝しようと思った。

彼には珍しく、このことを誰にも話さなかった。この未来像と気持ちを自分の頭と胸に刻み込んだ。

それから、そのためにできることを行った。まず、小さいことから始めた。そのうち、自分が思い描く人物像に近づいていきた。

彼はずっと前に抱いた疑問を思い出した。「厳密に、谷にどう対処すればいいのか?」

ノートにその答えを書きとめた——

自分のエゴを捨てれば
すぐに谷から
抜け出すことができる。

仕事では
より有用になることによって

私生活では
より愛情深くなることによって。

ある晩、彼の昇進にあたって、両親がちょっとした祝賀会を開いてくれた。友人たちはほとんどが来てくれた。その中にはあの女性もいて、いまでは彼に好意を寄せるようになっていた。

夜も更けたころ、彼は父親に若いころのことを尋ねた。父親がたどってきた人生の山と谷の話を聞いて、父が英知を備えていることを知った。

やがて、二人の距離はしだいに縮まってきた。

若者は仕事で活躍しつづけ、両親も喜んでくれた。

まだときどきは両親と言い争いもしたが、彼はあまり身構えることなく、穏やかに話し合った。多くは思慮に富んだ議論になった。

それからもたくさんの発見があった。中でもきわめて有益な発見は、驚くほど単純なものだった。谷から抜け出せないときには決まって、山と谷は正反対のものだと思い起こした。そこで、自分を谷に追いやった行動は何かを考え、その反対のことをした——そして、反対の結果を得たのだ！

これは意外なほど明白なことだったが、その効果も信じられないほどだった。

彼は年を重ねるにつれ、優雅に穏やかに谷を通り抜けるようになった。

予定がつまっている状態でも、彼はいまも時間をつくり、谷の草原を散歩した——あの女性といっしょのことも多かった。

ある日、悲痛な知らせを受け取った。いつかその日が来るのはわかっていた。あの老人が亡くなったのだ。

老人を知る人たちはみな、いまも彼があの山の頂きのあたりにいるような気がすると言った。いくら月日がたっても、彼を失った寂しさはいつまでも消えないだろうと若者は思った。

彼は谷に目をやった。人生の大切な部分がなくなり、永遠に失われてしまうのではと不安だった。老人を慕い、頼りにして成長してきたのに、独りぼっちになった気がして、悲しかった。

胸の痛みを感じながら、彼はこの状況の真実は何だろうと考えた。

老人が話しているところを想像してみた。「谷とは、失ったものを求めるときのこと……」

彼はふっと笑い、そのつづきをつぶやいた。

「そして、山とは、持っているものに感謝するときのこと」

自分が何に感謝すべきなのか考えた。

真実は、彼はいま働き、生計を立てるすべを得、それによって間違いなく順境でも逆境でも穏やかな気持ちで、うまくやっていくことができる、ということだ。

そして、それは老人から得たのだった。

彼は、ついさっきは心の谷にいたのだと気づいた。老人がそばにいて、英知と生きる力を与えてくれるはずなのに、と思ったからだ。

しかし、いま、若者は大きく息をつき、「本当」のこと——望むことや、恐れることではなく——を見ようとした。

真実は、老人が贈り物をくれたことだ。それを活かせば、これから何年もの間、自分と周囲の人々の役に立つ。

ある意味では、老人は「彼の中に」いるし、これからも常に彼とともにいるだろう。

彼の瞳はうるんだ。人生でこれほど素晴らしい友人を得られたことの喜びと悲しみを感じた。

仕事も私生活も、常に山と谷の連続だと思った。

今後も、金銭的、感情的、精神的な浮き沈み、健康と病気、喜びと苦しみに出会うだろう。

これも生きていることの複雑な豊かさの一つなのだろう。

しかし、いまは、「山と谷の対処法」を用いれば、順境も逆境もよりよく活かすことができるとわかっている。

彼は思った。仕事も私生活もどれほど大きく変わったことか。あの年老いた友人にどんなに感謝していることか。それから、初めて会ったときに交わした約束を思い出した。

「山と谷についてお話ししよう」老人は言ったのだった。「友人が私に要求したのと同じ条件でね。それは、これが役に立つとわかれば、ほかの人たちにも伝えてほしいということだ」

若者はできるかぎり全力でそうしてきたつもりだった。だが、いま、さらにそれに努めたいと思った。老人が与えてくれた贈り物をほかの人たちにも分かち与える、もっといい方法はないだろうかと考えた。

そこで、ある友人の川のほとりの小さな家を訪ねた。そこなら独りになって考えごとができる。

彼は自問した。「山と谷の対処法」について、自分が発見した最も役立つことは何だろうと、これまでの経験を振り返ってみた。ノートのメモも見直した。役立つとわかったことは非常にたくさんあった。

結局、その要約をつくることにした。短くまとめたのは、小さなカードに書き込めるからだ。

本当に知りたいという人にそれを渡そうと彼は思った。

それから、微笑んだ。カードは「自分自身」にも役立つと気づいたからだ。カードのおかげで、山と谷の原則とツールをもっと頻繁に用いることができるだろう。

その後、要約を手渡して他人を助ける機会が何度もあった。

仕事で、私生活で あなたの山と谷を活用する

順境と逆境にうまく対処するには

現実を味方につけよう

いま、山頂または谷底にいるなら、こう自問しよう。
「この状況の真実は何か?」

谷から早く抜け出すには

逆境にひそむ利点を見つけ、活用しよう

谷は果てしなくつづくわけではないのだから、気持ちを楽に持とう。
谷に陥った原因となった行為と反対のことをしよう。
エゴを捨てよう——仕事ではより有用に、私生活ではより愛情深くなろう。
他人と比べない。逆境にひそむ利点を見つけ、すぐに活かそう。

山に長くとどまるには

順境に感謝し、賢く対処しよう

謙虚になり、感謝を忘れない。
そこに到達した原因となる行為をもっと行おう。
状況をさらに改善しつづけよう。
よりいっそう他人の役に立とう。来るべき谷に備えて力を蓄えておこう。

次の山に到達するには

あなたの理にかなった未来像に沿って行動しよう

よりよい未来を謳歌している自分を具体的に、綿密に思い描こう。
そうすれば、あなたがそこに到達する原因となる行為を
「行動」に移すことが楽しくなる。

人々を助けるために

この物語をほかの人たちにも伝えよう!

ほかの人たちも順境や逆境を活かすことができるよう力を貸そう。

9　山を楽しむ

数十年がすぎ、かつての若者も年を重ね、老人になった。

彼はいまだにときおり谷に舞い戻りはするが、とっくに自分自身の頂きにたどり着き、たいていはそこですごしている。

ある日、昼食のあと、木の下に座って、雄大な眺めを楽しんでいた。

これまでの人生を振り返り、若いころ、多くの順境や逆境を知らず知らず自分でつくり出していたことを思い出した。

そして、人生に降りかかる浮き沈みに立ち向かうため、非常に貴重な方法を教えてくれた老人をなつかしく思い浮かべた。

それは、仕事にも私生活にも、何と大きな効果をもたらしてくれたことか。おかげで、順境、逆境を問わず、きわめて心穏やかに、うまくやってこられた。

あの老人にどれほど恩があるかをあらためて思った。

だが、実際にほめられるべきは、その教えを学び、「活かす」人なのだよ、という老人の声を思い出し、笑みをもらした。

ふと、物音がしたので、振り返った。

しかし、何も見えなかったので、ふたたび思いにふけった。

谷間にいた時期も貴重なものに思われたが、むしろ彼は、高い山で大半の時をすごすほうを好んだ。そして、そこに素晴らしい家庭を築いたのだった。

彼はその家に友人や身内の者たちを迎え、楽しく交わり、もてなし上手で思いやりのある友という評判を得ていた。

彼は長年、幸せな結婚生活を送ってきた。妻はかけがえのない女性であり、彼女のこまやかな愛情を身にしみて感じるようになった。

重要なのは、どこで生きるかではなく、「いかに」生きるかだ、と彼は思った。その場所が、両親のように肥沃な谷であろうと、あの老人のように堂々たる山の頂きであろうと、それは問題ではなかった。

いま、彼は自分の人生を熟知していた。喜びに満ちた、豊かな人生は、本来、山あり谷ありの変化に富む風景を織りなしている。ようやく、自分が平穏な旅の途上にあるだけでなく、目的地に行き着く前にすでに到達している、という心境になっていた。

彼は笑みを浮かべた。

さっき聞いたと思った音が、しだいに大きく、近くなってきた。

顔をあげると、若い女性がびっくりした顔をして立っていた。彼女は言った。「ごめんなさい。お邪魔するつもりはなかったのですが」

そして、谷間の家からの長い旅路をへて、たったいま山頂にたどり着いたところだと説明した。ひどく疲れているようだった。

二人は話しはじめたが、やがて若い女性は、いつのまにか谷間での悩み事を見ず知らずの人にあれこれ話していた。意外だった。

彼女は、なぜかこの老人にはどこか特別なところがあると感じた。そのときには、目の前にいる人が、この世で最も心安らかな成功者の一人だとは知るよしもなく、ただ、感じのいい老人だと思った。

時間がたつにつれ、二人は、老人のいう「山と谷の対処法」について、話し合うようになった。老人は、これはスキルをともなう一種の哲学だ、と言った。順境でも逆境でも、心穏やかで、うまくやっていくための物の見方、やり方なのだ。

彼は、女性が熱心に耳を傾けているのに気づき、彼女が自分のときより若い年で、いままさに見つけようとしているものをうまく活用してくれることを願った。「順境や逆境を自分の糧《かて》にするのに早すぎるということはない」と彼は思った。

若い女性は、しばらくじっと聞いていたが、話が終わると、言った。「このことを友だちや同僚に話してもかまわないでしょうか?」

老人は笑って、答えた。「あなたは、私の一歩先を行っていますね。いや、ありがとう。

もちろん結構ですよ。こんな嬉しいことはありません。できれば、ぜひ……」

ほかの人たちにも伝えてほしい。

終わり

物語を終えて

アンが物語を話し終えて、ふと気がつくと、雨はやんでいた。マイケルは考えにひたっているようだった。

ようやく、彼が口を開いた。「ディナーも楽しかったけれど、そんなことより君の話にはいろいろ考えさせられるね。実際、生活にどう応用すればいいのかなと思って。僕の場合、事情が込み入っているから」

アンはうなずいた。「私も初めてこの話を聞いたときは、そう感じたわ。でも、そのうち、ことを複雑にしているのは私自身かもしれないって思ったの」

「どういうこと？」

「この物語について考えれば考えるほど、ますますこう思えてきたの……これって、すべてに応用できる、素晴らしい考えじゃないかと」

マイケルはゆっくりとコーヒーをすすって言った。「これには大事なことがたくさん詰まっているよね」ちょっと間をおいて、つけ加えた。「しっかり心に刻んで、確実に活かしたいものだな」

アンはハンドバッグに手を突っ込み、彼に小さなカードを手渡した。「はい、これ、どうぞ！　お役に立つかもよ」

見ると、それは順境と逆境に対処する、「山と谷の対処法」を要約したものだった。

マイケルは言った。「どうもありがとう！」

アンはにっこり笑った。「どういたしまして。それに、私、これを初めて教えてくれた人に約束したの。機会があれば、かならず……」

「ほかの人たちにも話して聞かせるって？」マイケルが言った。

アンは笑った。「なぜわかったの？」

それからの数日間、マイケルは物語から学んだことをどう活かせばいいか考えた。どうすれば、いま直面しているさまざまな問題を解決することができるだろうか。

マイケルが勤めているソフトウェア会社は、仕事の多くを海外に移し始めていた。彼は、次はいよいよ自分の仕事がその番かな、と感じていた。

「この苦境にひそむ利点は何か？」マイケルには、実際、何らかの利点があるとは思えなかった。

「この状況の真実は何か？」真実は、いまの仕事は自分の得意分野だということだった。だが、もう一つの真実は、その仕事の市場は消えようとしているのではないかということだった。

「より有用であれ」この教えをどう活かせばいいのだろう？

「山と谷はつながっている。今日の谷間での賢明な行動が、明日の山をつくり出す」

会社は過去にしがみついてはいないだろうか、と彼は思った。どうやら新しいタイプの顧客の需要にどう応えるかを見直す必要がありそうだ。

たぶん、次の山を思い描くべき時なのだ——ありありと、つぶさに。

彼は、新しいアイデアに耳を貸してくれそうな同僚数人にこの考えを話すことにした。

マイケルたちは作業グループを組織し、より多くの顧客によりよいサービスを提供する画期的な方法をいくつか見つけた。そして、その目標に合ったことを「行動」に移すと、大きな効果があったのだ！

やればやるほど、いっそう多くの物事が好転した。

職場の状況が上向いてくると、マイケルの思いは家庭に向いた。

妻、リンダとの関係は、たいして良好とは言えなかった。それぞれの仕事のストレスや経済的な苦しさによる重圧が結婚生活を直撃していた。

彼は結婚当初に思いをはせた。あのころはどんなに幸せだったことか。

「山に到達した原因になる行為をもっと行おう」

二人があの幸せな場所に到達できた原因は何だったのだろう？　いま、何を行う必要があるのか？

マイケルは、リンダには愛すべき、感謝すべき、非常に多くの点があるのを思い出した。いままでは、そういう美点を当然のことと考えてはいないだろうか？

彼は自分のエゴを捨て、もっと愛情を示す方法を見つけようとした。そして、リンダのために、ちょっとした心遣いをするようになった。彼女がそれに気づくのに、さほど時間はかからなかった。

その後、彼は山と谷の物語とその影響について、リンダに語った。

「僕たちの関係は、確かによくなったよね」彼はそれだけ言うと、口をつぐんだ。

リンダはマイケルの思いを汲んで言った。「本当ね。それにしても、あなたはまだケヴィンとは深い谷底をさまよっているわ」

マイケルはうなずいた。高校生の息子、ケヴィンとはうまくいっておらず、父子の会話はほとんどなかった。

彼は、ケヴィンが友だちと音楽ばかりやらないで、もっと真剣に学業と向き合うことを願っていた。

数日間、そのことについて考え、自問しつづけた。「この状況の真実は何か？」

真実は、彼は息子の音楽好きに眉をひそめ、息子は音楽に「夢中」だということだ。

「願うばかりでは、何も動き出さない」マイケルはただ願うのをやめ、「現実を味方につける」べきだと悟った。

そこで、自分たち親子にとって具体的な未来像とはどんなものか考えてみた。自分はどんな父親になりたいのか、息子とどんなつき合い方をしたいのかを思い描いた。息子の行動を思いどおりに操ることはできないが、「自分自身」の行動はコントロールできる。

マイケルは、ケヴィンのバンドが出演するコンサートに出かけていく自分を想像した――観客の声援と拍手喝采《かっさい》の響き、喜びにあふれ、誇らしげなケヴィンの表情。そして、コンサートが終わって、楽屋で息子にぎゅっと抱きしめられたときの感触。

それから、心に描いた山に到達できるような「行動」をとり始めた。

息子への批判をやめ、バンドが集まって練習するときには、地下室に聞きにいった。何も言わず、ただ耳を傾け、笑みを浮かべ、立ち去る際は手を振った。

すぐには何も変わらなかったが、やがて、ケヴィンは父親の気持ちに応えるようになった。

もちろん、リンダも気づいて言った。「かつての皮肉屋さんはどうしちゃったのかしら?」

マイケルは笑った。

リンダは自分の職場でも、「山と谷の対処法」を活かせないかと思うようになった。勤務先の学校では、最近、またもや予算が削減され、世の中の情勢もきびしかった。ある日、彼女は教職員仲間の一人に山と谷の物語を話してみた。すると、相手は、この対処法を生徒たちに教えてはどうだろう、と言った。

そこで、二人は山と谷の研究班をつくり、放課後、学生と会う場を設け、彼らが苦境にうまく対処し、順境を最大限に活かせるよう力を貸すことにした。

やがて、「山と谷の対処法」は、多くの学生――そして教師たち――の人生に影響を及ぼすようになった。それは他校にも広がり、リンダはこのプログラムを任されることになった。

彼女は嬉しい思いでマイケルにその話をした。ある晩、二人は祝杯をあげようと、小さなレストランにディナーに出かけた。そこはいつかマイケルがアン・カーから初めて山と谷のことを聞いたレストランだった。

仕事も私生活もともに好転したものの、二人は現実をよく知っていたので、行く手には逆境も待っているのがわかっていた。

それでも、いまや、順境も逆境もうまく活用することができる、素晴らしい指針と現実的な方法を手にしていることもわかっていた。

そして、それを他の人びとにも伝える機会がこれからも数多くあると思うと、何とも満ち足りた気持ちになるのだった。

●著者

スペンサー・ジョンソン（Spencer Johnson, M.D.）

心理学の学位を取得後、医師となる。さまざまな大学や研究機関の顧問をつとめ、功績が認められてハーバード・ビジネス・スクールの名誉会員。著書に『１分間マネジャー』（共著）や『チーズはどこへ消えた？』などがあり、世界47言語に翻訳され、累計4600万部に達する。

●訳者

門田美鈴（かどた・みすず）

翻訳家・フリーライター。スペンサー・ジョンソン『チーズはどこへ消えた？』『世界で一番シンプルな決め方の技術』他、訳書多数。

カバー・本文イラスト……長崎訓子（プラチナスタジオ）
装丁……………………………小栗山雄司

頂きはどこにある？

発行日…………2009年 9 月 10 日　第1刷
2022年 5 月 20 日　第16刷

著　者…………スペンサー・ジョンソン
訳　者…………門田美鈴
発行者…………久保田榮一
発行所…………株式会社　扶桑社
東京都港区芝浦 1-1-1 浜松町ビルディング　〒105-8070
Tel.(03)6368-8870（編集）　Tel.(03)6368-8891（郵便室）
www.fusosha.co.jp

ＤＴＰ製作……アーティザン・カンパニー
印刷・製本……凸版印刷株式会社

乱丁・落丁（本のページの順序の間違いや抜け落ち）の場合は
扶桑社郵便室宛てお送りください。送料は小社負担でお取り替えいたします。

ISBN978-4-594-06052-7 C0097
Printed in Japan（検印省略）
定価はカバーに表示してあります。